PLUS QUE LA FORTUNE

Du même auteur

Livres brochés (version normale ou "dys") disponibles sur les sites des Éditions Mondes Parallèles et Amazon.

Ebooks disponibles sur les sites Amazon, Kobo, Fnac, Apple Books (version normale) ; aux Éditions Mondes Parallèles et sur Google Play (version normale ou "dys").

Romans adulte :
Le pouvoir de Flamen
Halloween chez Audrey
La revanche du léopard *(à paraître…)*

Romans jeunesse :
Une citrouille vraiment effrayante
Enlèvement au collège
Un fantôme dans le métro
Jeu de piste macabre dans le 6ème

Série Halloween chez Justine :
1 - Loups-garous, vampires et autres monstres…
2 - L'attaque du monstre gluant
3 - Debout les morts !
4 - Croisière sans retour
5 - Le manoir de la mort
6 - Une momie dans les catacombes
7 - Un château en Transylvanie

Album :
Le lapin qui grossissait

Nouvelles :
La gare qui n'existait pas
Le secret de l'échiquier
Le moulin aux fées
Le miroir vénitien
Meurtres à la pleine lune
Plus que la fortune
Le projet R.H.

Joël VERBAUWHEDE

PLUS QUE LA FORTUNE

Éditions Mondes Parallèles

Note de l'auteur

Cette nouvelle de science-fiction se déroule dans le même univers de space-opera que le roman *Le pouvoir de Flamen*.

Retrouvez l'auteur sur Internet :
editionsmondesparalleles.free.fr

Illustrations de couverture : Joël Verbauwhede
(Images utilisées libres de droits)
© 2020 Éditions Mondes Parallèles
2018 Joël Verbauwhede, tous droits réservés
ISBN 978-2-37830-029-6

Plus que la fortune

En débarquant sur la planète minière Exovène, Lana constata que les prospecteurs s'étaient installés un peu n'importe comment. Certains campaient juste à côté de l'aire d'atterrissage, au risque de voir leurs tentes s'envoler à chaque arrivée ou décollage de navette. D'autres s'étaient répartis un peu plus loin sans aucun ordre.

Les autorités n'avaient apparemment fait respecter aucune des règles de colonisation et Lana se sentit un moment perdue au milieu des constructions hétéroclites qui l'entouraient. Elle finit par identifier le bâtiment administratif, le seul construit en dur.

Prenant son courage à deux mains, elle s'y dirigea d'une démarche assurée. Il servait aussi de tour de contrôle pour la navette et de logement pour le gouverneur d'Exovène.

La jeune femme dut faire la queue pendant plus d'une heure avant qu'un employé blasé la reçoive. Il examina rapidement son titre de propriété, puis lui donna une carte d'état-major de la zone d'exploitation de la planète, repassant en rouge les limites de sa concession minière.

— Les autres zones encadrées sont les concessions d'autres mineurs. Je vous déconseille fortement d'y pénétrer sans y avoir été invitée. La plupart de ces gens ne sont pas des enfants de cœur. Une planète minière n'est pas un endroit pour une femme ! Vous devriez repartir...

— Cette concession m'a été léguée par mes parents, il n'est pas question que je parte d'ici. D'ailleurs je n'ai pas d'autre endroit où aller...

— Bien sûr, comme tous ceux qui sont ici. Personne de sensé ne s'installerait sur Exovène s'il pouvait aller ailleurs...

Sur cette remarque peu encourageante, Lana voulut sortir du bâtiment administratif, puis se ravisa, revenant sur ses pas pour interroger l'employé :

— Tous ces campements de prospecteurs autour de l'aire d'atterrissage, pourquoi ne sont-ils pas sur la carte que vous m'avez donnée ?

— Parce qu'il est interdit de creuser si près de la piste bétonnée. Tous ces campements sont illégaux.

— Et les autorités laissent faire ?

— Moyennant une taxe sur laquelle le gouverneur prend un pourcentage. Tout le monde y trouve son compte. Sur Exovène, les scanners de minerai ne sont pas fiables à cause de l'activité sismique et volcanique permanente. Alors creuser à un endroit ou un autre, quelle importance ?

— Mais alors pourquoi venir ici ?

— Vous ne le savez pas ? se moqua l'employé. Mais parce qu'Exovène est riche en minerais rares ! Ici, il est possible de faire fortune rapidement.

Prenant congé, Lana se rendit au magasin prendre le matériel auquel lui donnait droit sa concession.

Le magasin était en fait un grand hangar de tôle qui s'écroulerait probablement au prochain atterrissage d'une navette. Le préposé sursauta en voyant la jeune femme. Il fut encore plus stupéfait lorsque Lana lui présenta ses papiers.

— Vous êtes vraiment prospectrice ?

Lana haussa les épaules, agacée.

— J'ai un diplôme de géologie et vous avez lu ce qui est écrit sur ce document, non ? Je suis venue chercher le matériel en dotation standard.

— Vous savez conduire un glisseur antigrav ?

— Évidemment ! mentit la jeune femme. Je ne vais pas me rendre sur ma concession à pied !

En fait, son père lui avait montré comment piloter un glisseur, mais la seule fois où elle avait voulu conduire l'engin, sa course s'était terminée contre un arbre.

Heureusement, Exovène étant quasiment dépourvue de végétation, cela ne risquait pas de se reproduire ici.

L'employé du magasin chargea rapidement la soute du glisseur de tout le matériel standard fourni aux mineurs, puis lui fit signer le bon de sortie en lui rappelant :

— Tout ce que vous emportez est consigné. Si vous ne rapportez pas tout ça en bon état quand vous quitterez Exovène, il faudra payer la casse ! J'ai remarqué que vous êtes à peine à deux kilomètres de la concession de l'Ours Noir. Un bon conseil : passez bien au large de chez lui, il est du genre à tirer d'abord et à poser des questions ensuite !

— Je croyais que les armes étaient interdites sur les planètes minières !

— C'est vrai, mis à part celles des hommes de la sécurité. Vous a-t-on fouillée en arrivant ?

— Non, mais je suis passée sous un portique scanneur !

— Il ne fonctionne plus, ça fait des semaines que nous attendons un nouvel agent de maintenance. Le vieux Frank s'est fait descendre le jour où il a voulu le réparer. C'est sans doute pour ça que son remplaçant n'est pas pressé…

— L'Ours Noir, c'est un homme ?

— Plus ou moins, oui. Il est poilu et costaud comme un ours, alors derrière son dos c'est comme ça que les gens l'appellent. Mais son nom est Jeffrey, je crois. Lui, je ne sais pas s'il a un pistolaser, mais il n'en a pas besoin : ceux qui lui ont cherché des noises ont été retrouvés avec des membres brisés. Bonne chance quand même…

Lana monta dans la cabine du glisseur, se promettant bien d'éviter son irascible voisin autant que possible. Elle parcourut sans trop de difficulté les douze kilomètres la séparant de sa concession. Le sol mauve d'Exovène était à peu près plat, elle n'eut pas grand mal à éviter les quelques blocs rocheux qui parsemaient la longue plaine qu'elle traversait.

Les fissures craquelant la surface du sol étaient plus gênantes, mais la fumée qui en sortait permettait de repérer les plus grandes. Quant aux autres, le glisseur antigrav les survolait sans problème.

Une fois sur place, elle installa son campement. Jetant un regard panoramique sur l'étendue désolée et aride qui l'entourait, elle eut un moment de découragement et se demanda ce qu'elle faisait là. Son père était ingénieur électronicien, pourquoi avait-il acheté cette parcelle ? Par acquis de conscience, elle utilisa le scanner légué par son père et celui-ci crépita aussitôt, indiquant une forte concentration de minerai précieux à sa gauche.

Elle comprit alors : son père avait mis au point un nouveau système de scanner fiable même sur une planète où l'activité volcanique brouillait les détecteurs ! Sa concession recelait probablement une fortune. Quant à l'appareil, si son père avait pu en déposer les plans et le brevet, il serait devenu riche. Mais il était mort dans un accident avec sa femme à leur retour d'Exovène. Lana était en train de passer son diplôme de géologie, elle n'avait pas pu les accompagner. Elle se retrouvait maintenant seule au monde.

Elle localisa le gisement avec précision par triangulation, puis installa la foreuse pneumatique et alla se préparer un repas bien mérité. Une légère secousse sismique la fit trébucher mais elle ne s'en inquiéta pas, l'employé lui ayant dit qu'elles étaient fréquentes sur Exovène.

Au bout de quelques jours, la foreuse avait atteint une veine de roche noirâtre qu'elle ne connaissait pas. Ce minerai brut semblait étrangement lourd. N'ayant pas d'analyseur spectrographique, elle en prit un échantillon et retourna à l'aire d'atterrissage. Malheureusement, l'analyseur du magasin était en panne.

Un prospecteur brun, au torse nu couturé de cicatrices, se trouvait là et lui proposa d'utiliser le sien.

Après une brève hésitation, elle accepta et le suivit jusqu'à son campement juste derrière le magasin. L'homme, un dénommé Trent, lui déplaisait. Il lorgnait sur sa combinaison sans se cacher, mais elle était pressée de savoir ce que valait son gisement.

L'analyseur de Trent indiqua que son échantillon contenait essentiellement du feldspath mélangé avec un peu de carbone. Déçue que son minerai soit sans valeur, Lana repoussa froidement les avances du prospecteur et quitta son campement avec soulagement. Elle acheta quelques provisions au magasin et rentra à sa concession.

Le lendemain, une explosion à quelques kilomètres l'intrigua. Elle prit son glisseur et se dirigea vers l'endroit où s'élevait un épais nuage de poussière.

Voyant une silhouette sortir d'une excavation en toussant et en jurant, elle descendit de son glisseur et cria :

— Est-ce que ça va ?

La vivacité de l'homme la prit de court : il se jeta au sol en tirant un pistolaser de sa botte. Le rayon rouge la frôla et fit éclater un rocher derrière elle.

Lana leva aussitôt les mains en balbutiant d'une voix tremblante :

— Ne tirez pas ! Je ne suis pas armée !

— Que faites-vous chez moi ? questionna la voix bourrue de l'homme qui se releva et s'approcha.

Petit mais très large d'épaules, des bras énormes couverts de poils, il était vêtu d'une vieille combinaison sans manches déchirée et couverte de poussière. Il arborait une barbe de trois jours et une expression aussi peu amène que le pistolaser braqué sur elle. Lana se souvint un peu tard qu'elle s'était promis d'éviter l'Ours Noir.

— Vous êtes monsieur Jeffrey ? Je suis Lana Parker, j'exploite la concession voisine. En entendant l'explosion, j'ai cru que vous pourriez avoir besoin d'aide, alors je suis venue voir si…

— Je n'ai besoin de personne ! la coupa Jeffrey. Partez de chez moi immédiatement.

Voyant un filet de sang couler le long du bras du prospecteur, Lana s'inquiéta :

— Mais vous êtes blessé ! Il faut vous soigner !

Elle voulut s'approcher mais Jeffrey tira juste devant ses pieds et elle s'immobilisa.

Avisant le morceau de roche noire qu'il tenait dans son autre main, elle lui jeta :

— Comme vous voudrez, je m'en vais. Mais vous avez pris des risques pour rien : ce caillou n'a aucune valeur !

— Qu'en savez-vous ? Pour une prospectrice, vous manquez singulièrement de jugeote !

— Je le sais parce que j'ai moi aussi un important filon de cette roche. J'en ai fait analyser un échantillon, c'est un mélange de feldspath et de carbone.

Perplexe, Jeffrey s'étonna :

— Qui vous a dit ça ?

— Un prospecteur nommé Trent, à l'aire d'atterrissage. C'est lui qui l'a analysé.

Haussant les épaules, Jeffrey se détourna et lui jeta d'une voix bourrue :

— Allez-vous-en ! Si vous voulez survivre ici, ne faites confiance à personne et ne vous mêlez pas de ce que font les autres.

Lana rentra à sa concession en songeant que l'Ours Noir méritait décidément bien son surnom.

En sortant du glisseur, elle eut la surprise de voir un homme inconnu penché sur le gisement qu'elle avait commencé à exploiter.

— Que faites-vous ici ?

L'homme se releva en pointant sur elle un pistolaser. Cela faisait la seconde fois en moins d'une demi-heure qu'on la menaçait d'une arme interdite sur Exovène.

— Je suis venu vous racheter votre concession.

— Elle n'est pas à vendre. Partez de chez moi avant que j'appelle les autorités.

L'homme éclata de rire.

— Appelez tant que vous voulez, personne ne viendra. Les autorités ne se déplacent que pour un meurtre. Et encore, si on leur signale où se trouve le cadavre !

Prenant conscience de son isolement, Lana frissonna.

Sûr de lui, l'homme reprit :

— Vous allez me signer la vente de cette concession pour un crédit symbolique.

— Quoi ? Pas question !

Un tir de laser au ras de son pied gauche lui confirma que l'homme ne plaisantait pas. Il allait lui voler sa concession et sans doute la tuer ensuite pour l'empêcher de porter plainte.

Tentant de masquer sa peur, Lana se campa fermement sur ses jambes et secoua la tête avec aplomb.

— Vous me tuerez de toute façon, alors vous n'obtiendrez rien de moi ! Et vous devrez expliquer ma mort ensuite…

— Des tas de gens disparaissent sur Exovène sans qu'on retrouve jamais leur corps. Croyez-moi, il y a bien des façons de mourir dont certaines sont très déplaisantes. Il vaudrait mieux vous montrer raisonnable.

Il s'avança avec un sourire mauvais.

Lana écarquilla subitement les yeux en fixant quelque chose derrière lui et s'écria :

— Non ! Ne tirez pas !

L'homme se retourna vivement, mais il n'y avait rien derrière lui. La jeune fille l'avait berné ! Comme il ne la menaçait plus de son pistolaser, Lana se jeta sur son agresseur, lui mordit profondément le poignet et lui arracha l'arme de la main.

Ils roulèrent au sol, luttant un moment jusqu'à ce que la jeune femme parvienne à braquer le pistolaser sous le nez de l'homme qui s'immobilisa au-dessus d'elle, furieux et dépité.

— Vous n'oserez pas tirer ! lui jeta-t-il avec morgue.

— N'en soyez pas si sûr.

Mais la jeune femme n'avait jamais tenu un pistolaser et sa main tremblait.

— De toute façon, vous avez laissé le cran de sûreté ! se moqua l'homme.

En baissant les yeux vers l'arme, Lana sut qu'elle avait commis une erreur. Son agresseur en profita aussitôt pour lui saisir le poignet et le tordre. Le coup partit sans l'atteindre et peu à peu l'homme eut le dessus. À califourchon sur elle, il s'empara du pistolaser et eut un rictus de triomphe. Réduite à l'impuissance, Lana ferma les yeux. Il se produisit alors un léger chuintement.

Quand elle rouvrit les yeux, surprise d'être encore en vie et de l'immobilité de son agresseur, elle constata avec stupeur qu'il avait maintenant un petit trou rond carbonisé entre les deux yeux.

Repoussant le corps, elle se releva et reconnut la large silhouette de Jeffrey, un pistolaser en main.

— Vous êtes vraiment trop bête ! lui jeta-t-il d'un ton cassant. Vous l'aviez piégé, assez adroitement je dois dire, mais au lieu de l'abattre, vous avez hésité. Si je n'étais pas venu, il vous aurait tuée et volé votre gisement.

— Je n'ai jamais tué personne, moi ! protesta-t-elle. Et que venez-vous faire chez moi ? Je croyais que vous aviez dit qu'il ne faut pas se mêler de ce que font les autres ?

Se raclant la gorge, Jeffrey dit d'une voix un peu moins bourrue :

— Vous êtes venue chez moi en pensant que je pouvais avoir besoin d'aide, alors quand j'ai analysé le morceau de roche que j'ai extrait, je me suis dit que je devais vous mettre au courant. Comme je le pensais, cette roche noire, ce n'est pas du feldspath ni du carbone, mais de la matronite.

— De la matronite ? Le minerai le plus rare et le plus cher de la galaxie ?

— Oui, vous n'êtes pas si ignorante, finalement !

— J'ai un diplôme de géologie, je vous signale. Mais la matronite est trop rare pour qu'on puisse en voir durant nos études.

— Et votre vaisseau, où est-il ?

— Je n'en ai pas, je suis venue avec la navette.

— Il y a près de douze kilomètres pour y aller ! Pendant vos études de géologie, vous avez dû étudier les planètes minières volcaniques, non ?

— J'avoue que je n'étais pas toujours très attentive pendant les cours. C'est pour ça que tous les prospecteurs ont installé leurs campements si près de l'aire d'atterrissage ? Pour pouvoir fuir en cas de danger ?

— Évidemment, seuls ceux qui comme moi possèdent un vaisseau ou les ignorants comme vous osent exploiter des concessions plus éloignées. Vous savez pourquoi les premiers prospecteurs ont nommé cette planète Exovène ?

— Non…

— Parce que sa croûte planétaire est si instable et si fissurée que lorsque qu'elle va *exploser*, on aura de la *veine* si on peut décoller à temps ! Si elles n'étaient pas si riches, ces planètes seraient interdites à la colonisation. Je vais vous donner un bon conseil : quittez Exovène au plus vite !

— C'est ça, pour que vous puissiez exploiter mon filon de matronite ?

— Non, même s'il est plus riche que le mien, je ne suis pas un voleur, moi. Alors exploitez rapidement votre gisement en gardant à portée de main le pistolaser de votre agresseur. Il travaillait pour Trent et vous risquez d'avoir d'autres visites désagréables. Si Trent ne trouve personne d'autre pour faire son sale boulot, il est capable de surmonter sa frousse et de venir lui-même. Vous l'avez appâté en lui apportant un échantillon de matronite presque pur.

— Mais qu'est-ce que je vais faire pour le mort ? Il faut prévenir les autorités !

— Surtout pas ! Ça ne ferait que vous attirer des problèmes. Je ne sais même pas s'ils oseront s'éloigner autant de la navette pour venir ici. Je vais vous en débarrasser, j'ai un puits de mine assez profond.

Jetant le cadavre sur son épaule sans effort apparent, Jeffrey tourna les talons et se dirigea vers son glisseur.

Lana le rappela :

— Attendez, monsieur Jeffrey. Vous m'avez sauvé la vie ! J'ai une dette envers vous.

— Eh bien payez-la avec votre poids en matronite si ça vous chante, mais laissez-moi tranquille à présent. Ma concession est bien moins riche que la vôtre et j'ai du travail !

Sur ces mots, il laissa la jeune femme interloquée et rentra chez lui.

— Quel ours mal léché ! s'écria-t-elle après son départ. C'est lui qui vient chez moi et ensuite il me dit de le laisser tranquille !

Les jours suivants, Lana travailla dur pour extraire la matronite. Plusieurs secousses sismiques l'alarmèrent mais elle continua pourtant jusqu'à obtenir une centaine de kilos de minerai. Elle le chargea alors dans la soute de son glisseur et l'apporta à son irascible voisin qui l'accueillit à nouveau le pistolaser au poing.

— Fichez-moi la paix !

— Je suis juste passée pour payer ma dette, rétorqua la jeune femme.

Elle actionna le mécanisme de déchargement de la soute de son glisseur, déversant aux pieds du prospecteur éberlué cent kilogrammes de matronite.

Faisant demi-tour sèchement, elle lui jeta :

— Il y a le double de mon poids, mais si ça ne vous suffit pas, dites-le !

— Mais il y en a pour une fortune ! protesta Jeffrey avec incrédulité. Vous connaissez le cours de la matronite en crédits ?

— Oui, mais ma vie a un cours bien plus élevé. Et je vous interdis de venir chez moi sans y avoir été invité, c'est très impoli !

Sur ces mots, elle démarra à pleine puissance, générant un nuage de poussière qui recouvrit le prospecteur interdit. Après avoir envoyé quelques jurons bien sentis au glisseur antigrav qui disparaissait au loin, il commença à transférer le tas de matronite dans son vaisseau.

Quelques jours plus tard, Lana eut la surprise de voir l'Ours Noir surgir dans son campement.

— Vous devez partir d'ici immédiatement. Sept glisseurs viennent chez vous à pleine vitesse !

— Comment le savez-vous ?

— Les senseurs de mon vaisseau les ont détectés. Ils seront là dans quelques minutes.

— Vous croyez que c'est Trent ?

— Non seulement Trent mais aussi d'autres prospecteurs sans scrupules avec lesquels il a dû s'associer. Vous devez fuir !

— Et leur abandonner ma concession ? Pas question ! Je me battrai, avec ou sans votre aide ! assura la jeune femme en brandissant le pistolaser de son premier agresseur.

— Ne soyez pas stupide, ils sont trop nombreux. Montez !

À contrecœur, Lana rejoignit Jeffrey dans la cabine. Il démarra en trombe, se dirigeant vers son campement. Sur le petit écran du glisseur, six points lumineux apparurent et obliquèrent pour se lancer à leur poursuite.

— Il en manque un… remarqua le prospecteur avec inquiétude. Où est-il passé ?

Une violente secousse sismique faillit lui faire perdre le contrôle de l'appareil et il jura en voyant une large crevasse s'ouvrir devant eux.

Il cria à sa passagère :

— Accrochez-vous !

Poussant le système antigrav à fond, il lança son glisseur à plusieurs mètres de hauteur, passant au-dessus de la faille qui parut sur le point de les avaler. Ils retombèrent heureusement de l'autre côté de la fissure qui continua à s'élargir en vomissant des geysers de lave en fusion.

Bloqués de l'autre côté de la faille qui s'étirait à présent sur plusieurs kilomètres, les six glisseurs ennemis firent demi-tour et foncèrent en direction de l'aire d'atterrissage.

— Les imbéciles, ils sont fichus, ils n'y arriveront jamais à temps ! Exovène devient trop instable, sa croute planétaire ne résistera plus très longtemps…

— Mais alors nous allons mourir nous aussi, réalisa Lana.

— Pas si nous réussissons à atteindre mon vaisseau à temps.

Le campement du prospecteur était sens dessus dessous, dévasté par les tremblements de terre. Ils se précipitèrent dans le petit vaisseau qui était caché derrière un escarpement rocheux. Mais dans le poste de pilotage, une mauvaise surprise les attendait : Trent braquait sur eux un pistolaser.

— J'ai bien fait de venir ici, je me doutais que tu avais un vaisseau, Jeffrey. Jette ton arme et donne-moi le code de l'ordinateur de navigation !

Lâchant son pistolaser, le prospecteur gronda :

— Tu peux toujours me tuer, ce vaisseau ne décollera pas sans moi !

— Dans ce cas, c'est sur elle que je vais tirer.

Trent pointa son arme sur Lana qui blêmit.

— Non ! cria l'Ours Noir. Le code est 4791-0141.

Avec un grand sourire, le bandit pointa son arme vers la tête de Jeffrey et s'apprêta à presser la détente. Un rayon laser frappa alors Trent en pleine poitrine. Une expression d'intense stupéfaction sur le visage, il bascula en arrière et mourut en crispant ses doigts sur son arme. Le coup partit et frappa la console de pilotage d'où s'élevèrent des étincelles et une âcre fumée noire.

— J'ai tué un homme ! s'écria Lana avec horreur, lâchant le pistolaser qu'elle venait de sortir d'une poche de sa combinaison.

Jeffrey se précipita vers la console endommagée.

— Oui, tu m'as sauvé la vie, mais on n'a pas le temps pour les effusions.

— C'est réparable ? s'inquiéta la jeune femme en le regardant arracher la façade de la console.

— Avec quelques pièces de rechange et un jour ou deux à ma disposition, je pourrais bricoler ça, mais on n'a pas le temps. On ne pourra pas décoller avant la destruction d'Exovène. Viens, il nous reste la capsule de secours.

Il entraîna Lana à l'arrière du vaisseau et s'arrêta devant un long cylindre de métal noir. La partie avant transparente laissait voir qu'il était à moitié rempli de matronite.

— Mais une capsule de sauvetage doit être larguée dans l'espace ! s'inquiéta la jeune femme.

— La mienne a des boosters, elle peut décoller d'une planète. Mais je n'avais pas prévu que j'aurais une passagère. Aide-moi à enlever tout ça !

Le prospecteur commença à décharger la matronite que Lana lui avait donnée.

— Mais… c'est une véritable fortune que tu jettes pour me faire de la place !

Haussant les épaules, Jeffrey soupira :

— Tu m'as dit toi-même que tu valais davantage. Dépêche-toi de m'aider avant que je change d'avis !

Une fois la capsule vidée, le prospecteur poussa la jeune femme à l'intérieur, la suivit et referma la porte sur eux. Il pressa ensuite le bouton rouge de largage. Une écoutille s'ouvrit dans la coque du vaisseau et les boosters s'allumèrent, projetant la capsule dans le ciel d'Exovène.

Écrasés l'un contre l'autre par l'accélération, Lana et Jeffrey virent une coulée de lave commencer à ronger les patins métalliques du vaisseau.

Quelques secondes plus tard, ils étaient assez haut pour voir une large crevasse engloutit le bâtiment administratif et plusieurs campements autour de l'aire d'atterrissage. La navette tenta de décoller mais le sol sur lequel elle reposait avait été fragilisé par des prospecteurs inconscients qui avaient creusé des galeries en dessous. La plate-forme de béton céda, déséquilibrant la navette qui manqua son décollage et s'écrasa au sol.

— J'espère qu'il y aura des survivants, s'émut Lana.

— Ça m'étonnerait… la détrompa Jeffrey tandis qu'une explosion de lave engloutissait le site d'atterrissage.

Quelques minutes plus tard, ils étaient hors de danger dans l'espace et contemplaient les derniers soubresauts d'Exovène, couverte d'innombrables crevasses et de véritables mers de lave.

— À présent, la planète n'est plus colonisable, commenta le prospecteur. Malgré ses richesses en minerais, elle est devenue trop dangereuse pour songer à y atterrir…

— Jeffrey, puisque la navette a été détruite, il n'y aura personne pour récupérer notre capsule de survie. Nous allons mourir ici, n'est-ce pas ?

— Pas forcément, j'ai mis en marche ma balise de détresse. Le recycleur d'air fonctionne et nous avons de l'eau et des rations de survie pour quelques semaines. Il est possible qu'un vaisseau capte mon signal et vienne à notre secours.

— Dans ce cas, tu auras tout perdu : ton vaisseau, ton matériel… Pour me sauver, tu as même jeté une véritable fortune en matronite…

— J'ai sauvé plus que la fortune… murmura-t-il en la fixant dans les yeux.

— Moi ? s'étonna Lana, émue. Je croyais que tu ne pouvais pas me supporter !

— Je n'ai jamais su m'y prendre avec les femmes. Avec mon physique d'ours, je ne me faisais pas d'illusions. Alors si je t'ai si mal accueillie, c'était surtout pour me protéger.

— Je te montrerai comment t'y prendre… murmura la jeune femme en approchant ses lèvres de celles de Jeffrey.

*

* *

Captant un signal de détresse en provenance d'Exovène, le cargo *Phénix* s'était détourné de sa route. À l'émersion dans le système, le capitaine Jeff Stone était occupé à rafistoler le caisson hyperspatial. Ce fut donc Flamen, la navigatrice de bord, qui localisa la source du SOS.

Elle contacta Stone par l'intercom :

— Jeff, j'ai trouvé deux rescapés d'Exovène dans une capsule de survie.

— Ils vont bien ?

Flamen se racla la gorge.

— Très bien, même. Je peux les voir, une partie de leur habitacle est transparent.

— Prends-les à bord avec le faisceau tracteur. Ils doivent être sacrément contents de nous voir !

— En fait, ils ne nous ont même pas remarqués ! Je pense qu'on devrait leur laisser encore un quart d'heure.

— Pourquoi ça ? s'étonna Stone.

Gênée, la jeune fille bafouilla :

— Ils ne sont… pas prêts…

À toi, lecteur...

Cette histoire t'a plu ? Alors n'hésite pas à envoyer un commentaire à la boutique où tu te l'es procurée. Tu peux aussi écrire à l'auteur à joel.verbauwhede@free.fr pour lui donner ton avis et être averti de ses prochaines publications.

L'auteur

Depuis son plus jeune âge, Joël Verbauwhede est un passionné de lecture, avec une attirance particulière pour le fantastique et la science-fiction. À l'université, il se lance dans l'écriture d'histoires mêlant le fantastique, les arts martiaux et le romantisme. Une seule règle : le nom du héros doit commencer par J...

Parallèlement à son métier d'enseignant de mathématiques, il obtient plusieurs prix littéraires pour ses écrits. Certaines de ses nouvelles sont publiées dans des recueils ou des magazines et un roman de science-fiction parait aux éditions Mille Poètes.

En 2017, il publie ses textes sur Amazon et crée son site Internet. L'enseignement lui a fait prendre conscience du grand nombre d'enfants et d'adolescents dyslexiques pour qui la lecture est difficile, et qui n'ont que peu de livres qui leur sont accessibles. Habitué à adapter ses cours pour ses élèves dyslexiques, il lui a semblé essentiel d'en faire autant pour ses romans jeunesse qui existent ainsi en version « dys ».

Auteur indépendant, il diversifie son activité en publiant ses ouvrages en version numérique pour le kindle d'Amazon, sur Kobo et Fnac.com, puis sur Apple Books et Google Play.

Il crée en 2020 les éditions Mondes Parallèles en s'imposant une ligne éditoriale stricte : chaque œuvre qu'il publiera (jeunesse ou adultes) sera disponible en version « dys », en format broché comme en ebook.

PETITS ROMANS JEUNESSE
Une citrouille vraiment effrayante
Petit roman jeunesse à partir de 9 ans (HORREUR)
Pour la fête d'Halloween, Delphine et ses copines ont fabriqué une citrouille qu'elles ont appelée Jacques-la-Lanterne. Déguisées en sorcières, elles l'emmènent à la chasse aux bonbons dans les rues de leur village. Mais l'un des enfants casse la cloche d'une vieille dame. Elle se fâche et lance un mauvais sort sur la citrouille. Jacques-la-Lanterne prend vie et commence à dévorer les habitants du village les uns après les autres…

Série Halloween chez Justine
1 - Loups-garous, vampires et autres monstres…
Petit roman jeunesse à partir de 11 ans (HORREUR)
Collégienne de sixième, Justine ne parvient pas à faire son devoir de maths le soir d'Halloween, elle appelle donc son camarade Nathan à son secours. Par bravade, elle crie par la fenêtre : « Loups-garous, vampires et autres monstres, venez tous fêter Halloween chez Justine ! »
Mais quand Nathan se transforme en un redoutable fauve et que trois loups-garous et un vampire répondent à son invitation, Justine réalise qu'elle a commis une grave erreur…

2 - L'attaque du monstre gluant
Petit roman jeunesse à partir de 11 ans (HORREUR)
Collégienne de cinquième, Justine invite son copain Nathan à passer la soirée d'Halloween avec elle, mais lui fait promettre de ne pas se transformer comme l'année précédente. Elle a loué le DVD d'un film d'horreur en relief : *L'attaque du monstre gluant*.
Mais quand la créature sort de sa télé pour les dévorer, Justine réalise qu'elle a commis une grave erreur…

3 - Debout les morts !

Petit roman jeunesse à partir de 12 ans (HORREUR)

Collégien de quatrième, Nathan invite son amie Justine chez lui pour Halloween, espérant ainsi briser la malédiction qui poursuit la jeune fille. Il a cependant négligé de lui dire qu'il habite juste derrière un cimetière. Si elle l'avait su, elle aurait sans doute évité de plaisanter en disant : « Debout les morts ! »

Quand les morts sortent de leurs tombes, Justine réalise qu'elle a commis une grave erreur...

4 - Croisière sans retour

Petit roman jeunesse à partir de 12 ans (HORREUR)

Collégienne de troisième, Justine s'est fâchée avec son ami Nathan qui perdait le contrôle de ses transformations. Invitée à fêter Halloween sur un voilier avec quelques amis, elle accepte tout de même de l'emmener sous sa forme de panthère. La soirée aurait pu bien se dérouler si l'un des convives n'avait pas raconté une histoire de monstre marin...

Grave erreur ! Il n'en fallait pas davantage pour que le kraken s'invite à la fête avec quelques requins...

5 - Le manoir de la mort

Petit roman jeunesse à partir de 13 ans (HORREUR)

Lycéenne de seconde, Justine a perdu goût à la vie après la disparition tragique de son ami Nathan. Quand Thomas l'invite à un « Escape Game » dans un vieux manoir le soir d'Halloween, elle ne se fait pas d'illusions : ce sera encore une soirée agitée.

Mais quand les participants du jeu meurent tour à tour, victimes de pièges vicieux, elle comprend qu'elle a commis une nouvelle erreur...

6 - Une momie dans les catacombes

Petit roman jeunesse à partir de 13 ans (HORREUR)

Lycéenne de première, Justine reçoit un paquet qu'elle croit envoyé par son petit ami Nathan. En l'ouvrant sans méfiance, elle se fait piquer par un scorpion venimeux. S'engage alors une course contre la montre pour récupérer l'antidote aux mains d'une momie dans les catacombes.

Facile avec Nathan, le garçon-panthère expert en arts martiaux ? Erreur ! Car la momie a amené quelques araignées géantes…

7 - Un château en Transylvanie

Petit roman jeunesse à partir de 13 ans (HORREUR)

Lycéenne de terminale, Justine hérite d'un château en Transylvanie. Comme son compagnon Nathan, elle se dit que ça sent le piège ! Mais les papiers du notaire sont officiels et ils décident de s'y rendre.

Quand ils constatent que l'ancien propriétaire n'est pas aussi mort qu'il aurait dû l'être et que le château est truffé de vampires, loups-garous et autres monstres, ils réalisent qu'ils ont peut-être commis leur dernière erreur…

ROMANS JEUNESSE

Enlèvement au collège

Roman jeunesse à partir de 11 ans (POLICIER)

En cinquième au collège Simone de Beauvoir, Julien et son ami Luan ont invité Anaïs et Lisa, les sœurs jumelles de leur classe, à faire une randonnée en VTT sur le Plateau de Vitrolles. Le petit groupe assiste à la chute d'une météorite dans laquelle Julien découvre un étrange cristal vert.

Au collège, le garçon donne le cristal à Anaïs. Quelqu'un remarque la pierre et décide de s'en emparer. L'une des sœurs est enlevée au beau milieu du collège ! Mais le ravisseur ne s'est-il pas trompé de jumelle ?

Un fantôme dans le métro

Roman jeunesse à partir de 11 ans (FANTASTIQUE)

Juliette Perrault était une élève ordinaire d'un collège marseillais, jusqu'au jour où elle tomba devant un métro. Elle se crut perdue mais fut sauvée par un étrange garçon, Stéphane, qu'elle vit périr à sa place. Elle semblait la seule à l'avoir vu.

Juliette découvrira que Stéphane est le fantôme d'un lycéen mort trente ans plus tôt. Pour lui venir en aide, elle n'hésitera pas à explorer les souterrains du métro de Marseille et à participer à un dangereux tournoi d'arts martiaux qui pourrait la conduire jusqu'en Chine…

Jeu de piste macabre dans le 6ème

Roman jeunesse à partir de 12 ans (POLICIER)

Mathieu et Mathilde Lavil (surnommés « Matt & Matic ») sont deux jeunes policiers stagiaires affectés au commissariat du sixième arrondissement de Marseille.

Dès leur premier jour, une lettre anonyme les lance sur la piste d'un dangereux meurtrier qui met la police au défi d'empêcher ses crimes !

Serez-vous capable de mettre vos compétences mathématiques de 6ème en pratique pour mener l'enquête et arrêter le coupable ?

ROMANS
Le pouvoir de Flamen
Roman (SCIENCE-FICTION)

Jeff Stone, pilote du cargo *Phénix*, est en train de boire dans un bar de la station spatiale XG34 quand surgit Flamen, une jeune fille pourchassée par de mystérieux agresseurs. Le pilote s'interpose et c'est le début d'une poursuite implacable à travers la galaxie.

D'affrontements spatiaux en combats au pistolaser, Stone et Flamen perceront-ils le mystère entourant la naissance de la jeune fille ?

Halloween chez Audrey
Remarque : ce roman est la version adulte de la série jeunesse « Halloween chez Justine »
Roman (BIT-LIT / HORREUR)

« Loups-garous, vampires et autres monstres, venez tous fêter Halloween chez Audrey ! ». La jeune fille n'aurait jamais dû crier ça par sa fenêtre le soir du 31 octobre… Son ami Jack se transforme en panthère, puis trois loups-garous et un vampire répondent à son invitation !

Les années suivantes, un monstre gluant, des zombies et le kraken viendront tour à tour chez eux. Les soirées d'Halloween de Jack et Audrey ne seront pas de tout repos…

Le cycle d'Atlantis
La revanche du léopard
Roman (BIT-LIT / SCIENCE-FICTION)

Julie Dunoyer assiste à une fusillade aux abords de sa propriété dans la forêt de Fontainebleau. Elle porte secours au fugitif blessé réfugié dans son jardin et découvre avec stupeur une créature mi-humaine mi-animale.

Victime de manipulations génétiques menées par des scientifiques néonazis, Lucas a été à demi transformé en léopard. Quand les nazis retrouvent sa trace et que sa nouvelle amie est en danger, l'homme-léopard sort ses griffes !

À paraître...

ALBUM

Le lapin qui grossissait

Album à partir de 6 ans (FANTASTIQUE)

Pour ses sept ans, Louane reçoit un petit lapin. Elle le nomme Juju. Il est si petit que la fillette décide de lui donner le médicament qu'elle prend pour sa croissance. Peu à peu, le lapin grossit, à la grande joie de sa petite maîtresse.

Mais Juju ne s'arrête pas de grandir. Quand il devient aussi gros que la voiture de son papa, les ennuis commencent…

NOUVELLES
Le secret de l'échiquier
Nouvelle à partir de 12 ans (POLICIER)
Jérôme Duval voudrait bien épouser Solange de L., mais son père s'oppose à cette union car Jérôme pourrait bien être le fils d'Arsène Lupin.
Relevant le défi du baron de L., le jeune homme découvrira-t-il le secret de l'échiquier ?

La gare qui n'existait pas
Nouvelle à partir de 13 ans (FANTASTIQUE)
Jean-Paul pensait avoir manqué sa station de RER et est descendu par erreur à la gare qui n'existait pas. Il y rencontre Victoria, une jeune fille morte dans un accident quelques années auparavant.
Jean-Paul voudrait bien aider ce fantôme, mais cela n'est pas sans danger. Car si la mort les sépare, elle pourrait bien également les réunir…

Le moulin aux fées
Nouvelle à partir de 10 ans (FANTASTIQUE)
Pour Romain et Mélanie, les vacances s'annoncent mal. Leurs parents les ont envoyés à la ferme chez leur oncle pour pouvoir se disputer tranquillement et organiser leur divorce.
Heureusement, derrière la ferme se trouve un moulin abandonné où se produisent d'étranges apparitions. Est-ce vraiment une fée qu'ils ont aperçue ?

Meurtres à la pleine lune
Nouvelle à partir de 15 ans (POLICIER)
Inspecteur à la criminelle, Jeremy Torquier l'avait bien dit devant le premier cadavre éventré : il y en aurait d'autres ! Mais il ne s'attendait pas à ce que la victime suivante soit sa propre fiancée.
S'il croyait stopper ainsi l'enquête de Torquier, le tueur en série se trompait lourdement !

Le miroir vénitien
Nouvelle à partir de 12 ans (FANTASTIQUE)

Quand Bastien déniche un miroir vénitien dans une brocante, il ignore encore qu'il lui permettra d'entrer en contact avec Julia, une noble italienne vivant au quinzième siècle.

Apprenant le destin tragique de la jeune femme, une question tourmente Bastien : peut-on changer le passé ?

Le projet R.H.
Nouvelle à partir de 14 ans (SCIENCE-FICTION)

Lors d'une manifestation anti-robots, Annabelle est blessée et conduite à l'hôpital par Jorgun Watts, un ingénieur roboticien travaillant pour la CybCod.

Les médecins estiment Watts qui a mis au point un microbot chirurgical, mais son ami journaliste Stefan Yort lui amène l'invention de l'ingénieur, un instrument de torture ! La jeune femme veut alors revoir Watts pour en apprendre davantage.

Mais en cherchant la vérité, on prend le risque de découvrir plus qu'on ne le voudrait…

Plus que la fortune
Nouvelle à partir de 13 ans (SCIENCE-FICTION)

Quand Lana débarque sur la planète Exovène, elle est bien décidée à faire fortune comme les autres prospecteurs. Malgré les dangers et les avertissements, elle s'obstine.

Une planète minière instable n'est pas un endroit très hospitalier, mais on y trouve parfois plus que la fortune…

Dépôt légal : septembre 2018
Imprimé à la demande par KDP

www.ingramcontent.com/pod-product-compliance
Lightning Source LLC
Chambersburg PA
CBHW071221130626
46555CB00004B/1793